AF235966

Sarah Malhus
»What the Hel?«
*Eine Kurzgeschichte*

FSC
www.fsc.org

MIX

Papier aus ver-
antwortungsvollen
Quellen
Paper from
responsible sources

FSC® C105338

SARAH MALHUS

# WHAT THE HEL?

EINE KURZGESCHICHTE

Urheberrechtlich geschütztes Material
Alle Rechte am Text liegen bei Sarah Malhus.

What the Hel?
*Eine Kurzgeschichte*

2. Auflage
©2021 Sarah Malhus | www.sarahmalhus.de

Lektorat: Roxane Bicker
Korrektorat: Laura Stadler
Coverdesign: Daniela Szegedi
verwendete Grafiken von Depositphotos:
© Yury Woewchik, © Pavel Konovalov, © Andrii Malysh,
© Alexey Shcherbatov, © Chanthima Saenubon,
© Andrii Bielikov
Grafik »Aila«: Luriusa
Buchsatz: Juliana Fabula | Grafikdesign

Verlag:
BoD · Books on Demand GmbH, Überseering 33,
22297 Hamburg, bod@bod.de
Druck: Libri Plureos GmbH, Friedensallee 273,
22763 Hamburg
ISBN: 978-3-7543-1145-5

*Dieses Buch enthält Inhaltswarnungen / Content Notes auf der letzten Seite gegenüber der Deckel-Innenseite.*

*Auf den Seiten 41 / 42 sind alle, in der Geschichte erwähnten, nordischen Begriffe in einem Glossar zusammengefasst und kurz erklärt.*

*Reichtum genießen will ein jeder*
*Stets bis an den einen Tag.*
*Denn einmal muss jeder Mensch doch*
*Fahren von hinnen zur Hel.*

*Fafnismal – Das Lied von Fafnir*
*Die Edda*

Eigentlich sollte es schnell gehen. Ein Diebstahl wie jeder andere. Der Sturz aus der alten Eiche mit anschließendem Genickbruch gehörte nicht zu meinem Plan.

Als ich zu mir komme, höre ich leises Hundegebell. Mein Kopf brummt gewaltig und mein ganzer Körper schmerzt vom Ohrläppchen bis in den kleinen Zeh.

Ich rappele mich auf, bewege vorsichtig alle Gliedmaßen, bis das steife Gefühl nachlässt. Meine Kleidung sieht nach dem Sturz noch schäbiger aus als zuvor. In der Tunika finden sich etliche Löcher mehr, meine Hose ziert nun ein langer Riss vom Knie bis zum Knöchel.

»Wo zum Henker bin ich hier?« Ich drehe mich einmal um die eigene Achse und lasse meinen Blick über die trostlose Landschaft schweifen. Der Himmel ist grau und wolkenverhangen, die wenigen Bäume blätterlos und knorrig. Vereinzelte Krähen hocken auf den dürren Ästen. Sie verfolgen meine Bewegungen aufmerksam.

»Ich bin keine Mahlzeit. Sucht euch jemanden, der schon tot ist!«

Krächzend flattern zwei Vögel auf und lassen sich auf dem Ast direkt über mir nieder. Kurz scheint es so, als ob sie mich mit ihren heiseren Lauten auslachen. Aber es sind nur Vögel. Dennoch mache ich rasch ein paar Schritte weg von dem Baum, denn geheuer sind sie mir nicht.

Ein Rauschen dringt an meine Ohren. Ich drehe mich um und entdecke in einiger Entfernung ein Flussufer.

Nun, da ich auf den Fluss aufmerksam geworden bin, kann ich das Lärmen seines Wassers nicht mehr überhören. Er fließt in die Richtung, aus der Hundegebell tönt.

Meine Neugier überdeckt das unbehagliche Gefühl, das mich angesichts der Umgebung beschleicht, und ich gehe dem Geräusch entgegen. Nach wenigen Metern komme ich zu einem Holzzaun, der sich bis in die Unendlichkeit zu erstrecken scheint. Hinter dessen Gatter steht der Hund, riesig und bedrohlich knurrend. Unentschlossen bleibe ich stehen, da berührt mich etwas an der Schulter. Vor lauter Schreck fahre ich zusammen und wirbele herum.

»Gehst du weiter oder überlegst du noch?«

Hinter mir steht ein Mann, schäbig gekleidet und mit einem Strick um den Hals. Seine hervorgequollenen Augen versuchen, mich zu fokussieren. Eine breite, rote Strieme führt einmal um seine Gurgel herum.

»Bist du jetzt fertig mit gaffen? Noch nie einen Erhängten gesehen, oder was?«

Eilig mache ich einen Schritt zur Seite, obwohl der Mann genauso um mich hätte herumgehen können. Ich sehe nach unten und erkenne einen Trampelpfad, auf dem ich eben noch stand. Als ich wieder aufblicke, warten hinter dem Mann weitere Gestalten, allesamt in einem jämmerlichen Zustand.

»Du siehst auch nicht viel besser aus«, reagiert der Galgenmann auf meinen angewiderten Gesichtsausdruck.

Ich runzele die Stirn.

»Dein Kopf, der sitzt ganz schief!« Der Erhängte lacht und hustet daraufhin ordentlich.

Zögernd fasse ich mir an den Hals und erfühle einen unnatürlichen Knick. Langsam begreife ich, was passiert ist. Der geplante Überfall! Ich bin auf einen Baum geklettert, bereit, mich von dort auf den vorbeireitenden Kurier zu stürzen, um seine Münzen zu stehlen. Der Ast, auf dem ich lag, knackte und – ich reiße die Augen auf.

»Ich bin in der Unterwelt.«

»Noch nicht ganz. Gerade stehst du neben dem *Helvegr*. Erst, wenn du durch das Gatter dort gehst, bist du in Helheim.« Der Erhängte deutet auf den kleinen Durchlass im Holzzaun, hinter dem der kläffende Hund steht. Der Mann spuckt aus und setzt seinen Weg langsam fort. Ihm folgen weitere Tote, also reihe ich mich ebenfalls wieder ein.

In den Tiefen Helheims zieht Ganglot vorsichtig den Bettvorhang zur Seite. Dahinter liegt ihre Herrin und schläft den Schlaf der Toten. Das gleichmäßige Schnarchen ähnelt einer eifrigen Knochensäge bei der Arbeit.

»Herrin, es ist längst Zeit, aufzustehen«, lautflüstert Ganglot. »Draußen wartet Kundschaft.«

Von unter der Decke ertönt ein Brummen, das Nidhöggrs Magenknurren in den Schatten stellt.

»Schick sie weg!«, folgt der halbherzige Befehl.

»Das geht nicht, Herrin«, entgegnet Ganglot dienstbeflissen.

»Ist *Hungr* schon gedeckt?«

»Ja, Herrin. Alles ist bereit.«

Die Bettdecke wird zur Seite geworfen. Zum Vorschein kommt Hel, Göttin der Unterwelt, und gähnt herzhaft.

Da ich nun weiß, wo ich gelandet bin, erkenne ich den Höllenhund Garm. Ich muss mich überwinden, an dem blutbefleckten Kläffer vorbeizugehen, von dessen Lefzen der Geifer tropft. Wenige Schritte später stehe ich an einer goldenen Brücke, die den Fluss überspannt. Während die zahlreichen Toten hinüberwandern, trete ich aus der gespenstischen Prozession heraus und betrachte das schimmernde Bauwerk einen Moment staunend. Obwohl es in Helheim ziemlich düster ist, glänzt die Brücke unablässig. Ihr Gold allein scheint auszureichen, um in der sonnenlosen Einöde zu strahlen. In der Mitte der Brücke steht eine ungewöhnlich große und offensichtlich übel gelaunte Frau.

»Mädchen, hier wird nicht getrödelt!« Ich zucke zusammen, als die grimmig dreinschauende Riesin auf mich zeigt. »Hör auf zu glotzen und geh weiter. Die Brückenwächterin befiehlt es dir!«

»Verzeihung«, murmele ich. »Ich wollte nur ... Die Brücke funkelt so schön.«

»Ja, *Gjallarbrú* ist aber auch das Einzige, das hier funkelt. Na ja, die Brücke und die Augen unserer Herrin, wenn sie wütend ist.«

Gehorsam gehe ich zurück in die Reihe und überquere den Fluss unter dem strengen Blick der Wächterin. Am anderen Ende mündet die Brücke in eine Höhle, die so hoch ragt, dass ich deren Decke nicht ausmachen kann.

»Ertrunkene zu mir! Alle Ertrunkenen hierher!«, ruft eine kratzige Stimme von links. Ich entdecke eine Gestalt, etwas erhöht auf einem Felsen stehend, die aussieht wie der leblose Fischer, den ich nach dem letzten Meeressturm am Strand fand. Aus den Reihen der Toten lösen sich jene, die ihr Ende in den Fluten fanden. Ihre blau angelaufenen Gesichter sind Bestätigung genug für den Diener Rans. Sobald einige Tote ihn umringen, springt er von seinem Felsen und führt sie fort. An seinen Platz hüpft sofort der nächste Diener, »Ertrunkene hierher!«, rufend.

»Krieger, kommt zu mir! Ihr seid nun *Einherjer*, bereit, nach Walhalla zu reiten!«, erschallt die Stimme eines Reiterkriegers. Neben ihm steht eine eindrucksvolle Walküre, alle Frauen um sich scharend, die ihr Leben auf dem Schlachtfeld ausgehaucht haben. Folkwang werde ich nie mit eigenen Augen erblicken. Dem ehrlichen Kampf bin ich stets aus dem Weg gegangen. Als die im Krieg Gefallenen dem Ruf der beiden mit lautem Kriegsgeheul folgen, macht mein Herz einen Satz.

»Und wo muss ich jetzt lang?« Ich blicke mich suchend um, doch auf vom Baum Gestürzte wartet niemand, also gehe ich auf dem Pfad weiter, tiefer hinein in Hels Reich.

Ein paar qualbringende Ströme und peingefüllte Hallen entfernt sitzt Hel in ihrer Heimstatt *Elvidvr* bei Tisch und zerhackt mit *Sultr* das Frühstück. Ganglot kann nicht besonders gut kochen. Auch heute ist das, was sie Hel aufgetischt hat, undefinierbar und von zweifelhafter Güte. Gelangweilt schiebt die Herrin Helheims die Stückchen mit der Messerspitze von sich und seufzt.

»Dann widme ich mich mal dem Tagesgeschäft«, murmelt Hel zu sich selbst, rutscht mit dem Stuhl zurück und erhebt sich schwankend. Auf verwesenden Beinen zu stehen fühlt sich ungefähr so an wie der Gang aus der Taverne nach einem heftigen Metgelage. Man weiß nie, wie weit man kommt.

Auf dem Weg zu ihrem Thron nähert sich japsend ihr Knecht Ganglati.

»Herrin ... Herrin ...« Er presst sich die Hand gegen die Brust. Für einen Toten ist er erstaunlich schnell außer Atem, weshalb er sich vorwiegend langsam bewegt. Sehr langsam.

»Ganz ruhig, Ganglati. Warum bist du so aufgeregt?«

»Da ... da steht eine Tote vor *Fallandaforad* und behauptet, sie habe sich verlaufen.«

»Dass gleich Chaos ausbrechen muss, wenn ich mal etwas später komme. Wie konnte sie es überhaupt bis zu meiner Türschwelle schaffen?« Hel schnaubt. »Bring sie in meine Halle *Eljudnir*«, befiehlt sie ihrem Knecht und macht sich auf den Weg dorthin.

Ein dicker Toter geleitet mich im Schneckentempo durch einen Felsengang, der in eine große Halle mündet, auch, wenn sie nicht so imposant ist wie jene, die ich über *Gjallarbrú* betreten habe. Zwischen seinem Geschnaufe glaube ich herauszuhören, dass seine Herrin gleich mit mir sprechen wolle. Großartig! Erst falle ich aus Versehen vom Baum, sterbe dabei auch noch und muss mich anschließend bei Hel dafür entschuldigen, dass ich durch ihre Heimstatt irre. Wahrscheinlich schickt sie mich gleich an den *Nastrand*. Sofort kriecht eine Gänsehaut über meinen Körper, als ich an die Geschichten denke, die ich in den Tavernen über Nidhöggr gehört habe. Die Barden beschrieben in ihren Gesängen gerne bilderreich, wie der Neiddrache das Fleisch der Toten frisst und deren Blut trinkt, wenn er nicht gerade an Yggdrasils Wurzel nagt.

Ich schlucke trocken, als ich den Thron vor mir entdecke. Auf ihm sitzt eine wunderhübsche Frau, deren Körper in ein schwarz-weißes Gewand gehüllt ist. Die Füße, die unter dem Saum hervorschauen, bilden jedoch einen absoluten Kontrast zu ihren bezaubernden Gesichtszügen. Die Zehen sind aschgrau und verwest. Offenbar ist Hel meinem Blick gefolgt und breitet den Rock über ihre Füße. Hastig sehe ich woanders hin, immerhin ist sie eine Göttin und ich von ihrer Gunst abhängig.

»Du kannst gehen, Ganglati«, hallt Hels Stimme durch das Gewölbe. Der Diener verschwindet in einer Felsspalte und ich finde mich allein mit der Herrin von Helheim wieder.

»Tritt näher!«

Schnell komme ich Hels Aufforderung nach und bleibe wenige Fuß vor dem steinernen Podest stehen, auf dem ihr Thron seinen Platz hat.

»Wie ist dein Name?«

Ruhelos trete ich von einem Fuß auf den anderen. »Aila«, antworte ich leise, unsicher, ob ich mehr sagen soll.

»Möchtest du einen Schluck Met, Aila?« Hel deutet auf einen Sockel, auf dem ein eiserner Ständer mit Trinkhorn steht.

Ich linse vorsichtig hinein und erblicke die mir wohlvertraute, goldgelbe Flüssigkeit. Mit einem Mal durstig, greife ich nach dem Horn und setze es an meine Lippen. Ich seufze wohlig, während der Honigwein meine Kehle hinabrinnt. Er schmeckt besser wie daheim in Midgard.

»So, du bist also vom Baum gefallen, was?« Hel lacht glucksend. »Es gibt durchaus spektakulärere Tode, aber glaube mir, so selten kommt das gar nicht vor.«

Ihr Blick liegt abwägend auf mir und durch meinen Kopf rasen tausende Gründe, warum ich in den schlimmsten Kreisen ihres Reiches enden könnte. Einen astreinen Strohtod auf dem Nachtlager bin ich jedenfalls nicht gestorben.

»Erzähl mir von deinen Verbrechen, Aila Eichenfall«, fordert Hel und rutscht dabei auf die vordere Kante ihres Throns.

»Verzeiht die Frage, aber begrüßt Ihr jeden Neuankömmling so persönlich?« Ich bin mir sicher, dass Zeit hier unten nichts bedeutet, trotzdem kommt es mir als ein Ding der Unmöglichkeit vor.

Hel lächelt und entblößt dabei eine Reihe schneeweißer Zähne. »Ich wüsste zu gern, wie du es bis zu meiner Heimstatt geschafft hast. Niemand, außer den mir Dienenden, kennt den Weg hierher.«

Ich runzele die Stirn. »Ich bin einfach dem Gang gefolgt, der von der Eingangshalle abzweigt. Dass ich plötzlich vor Eurer Hütt... ich meine, Eurer Wohnung stehe, wunderte mich auch.«

Hel richtet ihren Oberkörper auf und beugt sich nach vorn. »Es führt kein Korridor von *Gjallarbrú* aus zu meinem Heim. Dies ist mein Reich, ich kenne und gebiete über alles!«

Instinktiv weiche ich zurück. Hels Augen scheinen mich zu durchbohren, sie versuchen, die Wahrheit aus mir herauszuschneiden.

»Du lügst nicht. Hm. Interessant.« Sie lehnt sich zurück und fährt, die Fingernägel ihrer linken Hand begutachtend, fort: »Ich bin heute einfach spät dran. Eigentlich empfange ich die Neuen dort, wo die Toten Odins, Freyjas und Rans begrüßt werden. Aber ich habe zu lange geschlafen.«

Hel zuckt mit den Schultern und ich bin verblüfft, dass auch Götter verschlafen.

»Nun, Aila ...« Die Art, wie die Totengöttin meinen Namen ausspricht, flutet mich mit mehr Empfindungen, als ich im Leben je wahrnahm. »Was hast du alles angestellt, oben in Midgard?«

Ich stoße einen Schwall Luft aus und wünsche mir nicht zum ersten Mal in meinem Leben, dass ich etwas Anständiges gelernt hätte. Moment, ich bin ja tot. Dann wünsche ich es mir tatsächlich zum ersten Mal in meinem Nachleben.

»Ich habe mal ein Huhn gestohlen und es gegessen, weil ich Hunger, aber kein Geld hatte«, beginne ich mein Schuldbekenntnis mit etwas Harmlosem.

Hel gibt mir mit einer Geste zu verstehen, dass ich fortfahren soll.

»Das habe ich bei mehreren Höfen gemacht. Ich bin weit herumgekommen, wisst Ihr?«, plappere ich nervös vor mich hin. Den Gedanken, etwas vom Met zu trinken, verwerfe ich gleich wieder. Stattdessen suche ich mir einen Punkt an der Felswand hinter Hels Thron und fixiere ihn, um so meinen rastlosen Geist einzufangen.

»Ich bin oft in fremde Häuser und Ställe eingebrochen, um dort zu schlafen und zu stehlen, was sich essen oder schnell zu Geld machen ließ.«

Hel hebt die Hand und ich halte inne.

»Gut, das macht bis hierhin Diebstahl, Mundraub, Hausfriedensbruch und Hehlerei. Sieht nicht gut aus für dich, Aila. Wieso hast du das Leben einer Gesetzlosen gewählt?«

Ich nippe nun doch an dem Horn mit Met. Erstaunlicherweise wird der Inhalt nicht weniger und so trinke ich mir Mut an, um die Entscheidung besser ertragen zu können, die Hel definitiv zu meinen Ungunsten fällen wird. Doch ihr Urteil bleibt aus, da hinter mir Stimmengewirr laut wird. In der Weite der Höhle hallen die vielen Stimmen wie unsichtbare Geister durch den Raum.

Hel hebt fragend die Augenbraue und steht auf, um einen besseren Überblick über den Tumult zu bekommen.

Ich drehe mich um und mir sackt das Kinn nach unten, als ich die Menge der Toten sehe, die jetzt ebenfalls in Hels Thronsaal strömt.

»Heute läuft wirklich alles schief«, murmelt die Göttin und räuspert sich. »Ruhe, verdammt!«, donnert ihre Stimme durch den Raum. »Was ist hier los?«

»Ähm, Herrin?«

Der Knecht ist zurück. Er tritt ganz nah heran und sie bückt sich, damit er ihr ins Ohr flüstern kann.

Hel reißt beängstigend weit die Augen auf. Sie schwankt und hält sich an Ganglatis massiger Schulter fest. Was kann eine Göttin derart aus der Fassung bringen?

Plötzlich kommt Bewegung in die untote Menge. Ich kneife die Augen zusammen und versuche zu erkennen, für wen alle einen Gang bilden. Bevor ich den Unruhestifter sehe, höre ich seine warme, melodische Stimme.

»Hel, geliebte Tochter! Ich dachte, ich schaue mal vorbei.«

Er teilt die Menge der Toten und vor mir steht Loki, Gott der Zwietracht und Vater von Hel.

»Ganz schön was los bei dir. Gibt es Probleme?«

Das milde Lächeln, das er seiner Tochter schenkt, lässt sie noch verdrießlicher dreinschauen. Ich hingegen kann nicht anders, als Loki anzustarren, so bildschön, wie er ist. Die Rüstung, die er trägt, betont seine große, schlanke Gestalt. Reich mit Runen und Knoten verziert dient der Harnisch sicherlich mehr zur Verschönerung denn zum Schutz. Seine schulterlangen Haare haben eine dunkle, gleichwohl nicht zu definierende Farbe, dafür sind seine Augen stechend grün.

»Nein, keine Probleme«, gibt Hel knapp zurück. »Was willst du hier?«

»Das sehe ich anders. Deine Halle ist voll von unsortierten Dahingeschiedenen. Du solltest hier schleunigst aufräumen, bevor die Eidbrecher die Halle der Strohtoten finden und sich dort verstecken. Nidhöggr braucht auch etwas zu fressen.«

Während seines Vortrags schiebt Hel ihre Unterlippe immer weiter vor. Die Göttin der Unterwelt schmollt.

Ich muss kichern.

»Sieh an. Jemand, der in Helheim etwas zu lachen hat.«

Loki betrachtet mich, als wäre er eine Katze und ich die Maus, die er gleich fressen wird. Mit einem Schlag macht sich der Met bemerkbar, den ich zuvor überhaupt nicht gespürt habe. Mein Magen zieht sich vor Übelkeit krampfhaft zusammen und meine Konzentration ist wie weggeblasen. In meinem Kopf wabert nur Nebel.

Ich bin erledigt.

Ja, wirklich.

»Was sind deine Verbrechen, hübsches Kind? Hm, ist dir aufgefallen, dass dein Hals einen ungesunden Knick hat?«

Loki runzelt die Stirn und mustert mich intensiver. Ist da ein Funken Erkennen in seinem Blick? Ich weiche einen Schritt zurück.

»Du siehst aus wie jemand, den ich mal umgebracht habe. Gibt es mysteriöse Todesfälle in deiner Familie?«

»Ich habe keine Familie«, entgegne ich schneidend.

»Vater, wir waren gerade dabei zu klären, wo sie die Ewigkeit verbringt. Dazu brauche ich deine Hilfe wirklich nicht.«

Loki hebt eine Augenbraue und deutet mit seinem Kopf in Richtung der hunderten anderer, die wartend und plaudernd in *Eljudnir* herumstehen. Seine Augen ruhen dabei weiter auf mir.

»Na schön. Ich habe verschlafen! Einmal stehe ich nicht gleich auf und schon bricht die Hölle in der Hölle los!« Hels wütendes Schnauben verursacht einen kalten Wind, der durch die Halle fegt. Mein Körper kribbelt und ich fröstele. Kurz bilden sich kleine Wölkchen vor Mund und Nase. Ich sehe eine Bewegung im Augenwinkel und drehe mich um. In einen Teil der Toten ist Betriebsamkeit gekommen, Stimmen erheben sich und plötzlich steuern ein paar Dutzend Menschen auf einen der Ausgänge zu.

»Ähm, Hel?« Ich taste nach ihrem Ärmel und zupfe daran. Erschrocken ziehe ich meine Hand zurück, als mir klar wird, was ich gerade getan habe.

»Oh, verdammt!« Hel rafft ihren bodenlangen Rock und folgt der Gruppe. Ihre verwesenden Beine machen dabei keinen vertrauenerweckenden Eindruck und mehr als einmal strauchelt die Herrin der Unterwelt in ihrem Lauf.

»So, dann mache ich mich mal wieder auf den Weg. Ich bin ein vielbeschäftigter Gott, musst du wissen.« Loki rümpft die Nase. »Und die muffige Luft hält sich ewig in der Rüstung. Höchst unangenehm.« Er lächelt mich an. »Also dann, hübsches Kind, ich wünsche dir eine angenehme – oder vielleicht nicht ganz so angenehme – Ewigkeit.«

Mit diesen Worten verschwindet Loki vor meinen Augen. Verdattert schaue ich auf den Fleck, wo er bis eben noch stand.

»Ihh, eine Maus! Wo kommt denn die Maus her?«

Ich blicke mich in der Halle um, suchend, wo der Aufschrei herkam.

»Sie ist über meine Füße gekrabbelt!«

»So erschlag sie doch einer!«

Mehrere Tote laufen hektisch umher, einer versucht, einem anderen auf die Schultern zu klettern. Loki, der Gestaltwandler, hat den Schalk im Nacken sitzen, gleich in welcher Form.

Aus dem Gang, in den Hel den Toten gefolgt ist, gellen spitze Schreie, die rasch ersterben. Kurz darauf ist die Totengöttin zurück in *Eljudnir*. Sie kommt näher und ich erkenne, dass ihre Hände, ebenso wie ihr Gewand, blutbesudelt sind.

»Aila?«

Hels bittender Gesichtsausdruck überrumpelt mich.

»Du musst mir helfen. Bitte.«

Ich bin zu verdattert, um zu antworten.

»So schwer ist das nicht.« Hel lächelt schief. »Du brauchst nur etwas Fingerspitzengefühl für die Wahrheit.«

»Ist gut. Ich versuche, dir zu helfen.« Was bleibt mir auch anderes übrig? »Ähm, bei was eigentlich?«

Hel eilt auf mich zu und ergreift meine Hände, schmiert sie mit dem nassen Blut ihrer Opfer voll. Ihr freudiger Gesichtsausdruck macht mir Angst.

»Die Toten ihrem Ableben und ihren Vergehen nach in die richtigen Hallen zu schicken! Normalerweise mache ich das vorne an der Brücke, aber das Thema hatten wir ja schon.«

Hel zieht mich ein paar Schritte auf die Meute von Toten zu und tippt dem erstbesten auf die Schulter. Behäbig dreht sich der Mann um, sein Gesicht ist gezeichnet von Krankheit und Verzicht.

»Ja?«, fragt er und muss daraufhin gewaltig husten.

»Wie bist du gestorben und was waren zu Lebzeiten deine Vergehen?«, will Hel ohne große Umschweife wissen.

»Ich bin im Bett gestorben, Herrin. Ein Fieber hat mich dahingerafft. Ich war ein braver Mann, zu jeder Stunde meines Lebens. Das schwöre ich.«

Ich beobachte genau, wie Hel den alten Mann mustert. Er wiederum blickt ihr offen ins Gesicht, auf ihr Urteil wartend. Dann nickt Hel und deutet auf einen Gang rechts von uns.

»Du wirst die Ewigkeit in den goldenen Feldern verbringen, Strohtoter.«

Der Mann lächelt Hel dankbar an und dreht sich um, dem Pfad zu der ihm bestimmten Halle folgend.

»Siehst du, ganz leicht.« Hel klopft mir auf die Schulter. »Probier es aus.« Sie deutet auf eine Frau, die wenige Schritte links von uns steht und unentwegt an ihrer dreckigen Haube herumzupft.

Zögerlich gehe ich auf sie zu und räuspere mich. Die Frau wirft mir einen fragenden Blick zu.

»Wie bist du gestorben und was waren zu Lebzeiten deine Vergehen?«, wiederhole ich die Frage, die Hel zuvor dem alten Mann gestellt hat.

»Was geht dich das an? Bist du hier die Herrscherin? Ich denke nicht, dafür siehst du viel zu unscheinbar aus, mal abgesehen von deinem schiefen Hals!«

Ihr gackerndes Lachen erinnert mich an das letzte Huhn, das ich in Midgard gestohlen habe.

Die Frau wendet sich von mir ab. Ein Kribbeln geht durch meinen Körper, jäh spüre ich den Drang, die Tote auf ihren Platz zu verweisen.

»Bleib stehen und beantworte meine Frage«, herrsche ich sie an. Sie erstarrt in ihrer Bewegung. Langsam dreht sie den Kopf zu mir, in ihren Augen erkenne ich eine leise Angst. Gut so. Ich tippe mit der Fußspitze auf den Steinboden, mein Geduldsfaden war schon immer dünn gesponnen. »Muss ich mich wiederholen?«, knurre ich nach einem kurzen Augenblick.

»Nein ... nein«, stammelt die Frau. Ihre unruhigen Hände kneten den abgetragenen Rock.

»Also?«

Die Frau weicht meinem Blick aus. »Ich weiß nicht, wie ich gestorben bin. Plötzlich war ich auf diesem Pfad, der hierherführt. Ich bin den anderen einfach gefolgt.«

»Du lügst«, schelte ich sie unverhohlen.

Der Trotz im Gesicht der Frau spricht Bände. Ich halte ihren Blick fest und warte.

»Mich hat eine Kuh gegen den Kopf getreten!« Sie reißt sich die Haube herunter. Zum Vorschein kommt eine kuhhufgroße Delle. »Ich bin die schlechteste Magd in Midgard. Zufrieden?«

»Du warst die schlechteste Magd in Midgard. Jetzt bist du die schlechteste Magd in Helheim«, korrigiere ich sie. Mein Schmunzeln macht sie nur noch wütender.

»Mach dich nur über mich lustig! Du siehst doch selbst nicht besser aus«, schnaubt sie, zieht sich die Haube wieder auf und stürmt davon.

»Halt! Ich muss dich doch einer Halle zuteilen!«, rufe ich ihr hinterher, aber die Unglückliche reagiert nicht und verschwindet einen Augenblick später in den Massen.

Ich blicke mich nach Hel um, sehe, wie sie heftig mit einem Toten streitet. Mit jedem Schritt, den ich auf sie zugehe, verstärkt sich der faulige Geruch, der von ihr ausgeht. Hel ist wortwörtlich stinksauer.

»Du sprichst mit einer Göttin, du Wurm! Was erdreistest du dich, mit mir zu diskutieren? Mörder wie du enden am *Nastrand*, wie ihr es verdient!«

Ihr Gegenüber lächelt süffisant, so gar nicht beeindruckt von der Göttin der Unterwelt, die wutschnaubend vor ihm steht.

»Hel?«

Keine Reaktion.

»Herrin?«, versuche ich es erneut.

»Was?«, fährt sie mich an, ihr modriger Atem nimmt mir die Luft. Obwohl ich tot bin, scheinen meine Sinne ihren Dienst noch nicht quittiert zu haben.

»Es klappt nicht.«

»Was denn?« Die Ungeduld in ihrer Stimme macht es mir schwer, weiterzusprechen.

»Die Aufteilung der Toten. Ich habe einfach kein Talent dafür.« Hilflos zucke ich mit den Schultern.

»Wie konnte die Lage nur so außer Kontrolle geraten? Was ist in Midgard los, dass ich hier förmlich von Toten überschwemmt werde?« Sie ballt ihre Hände zu Fäusten. »Das wird mein Vater büßen.«

Ein ochsengleiches Schnaufen, das immer näher kommt, dringt an meine Ohren. Es gehört zu Ganglot. Ihr Gesicht ist rot wie Hühnerblut.

»Herrin«, schnauft sie. »Herrin. Die Toten, sie sind überall!«

»Ja, das sehe ich«, erwidert Hel trocken, und kneift sich mit Daumen und Zeigefinger in die Nasenwurzel.

»Nein, ich meine auch in *Elvidvr*. Sie haben die Speisekammer geplündert. Met, Ale, alles weg!«

Plötzlich geht ein Jubel durch die Menge, kurz darauf ein Ruck. Alle drängen nun heftiger in die Richtung, aus der sie kamen, zurück zur goldenen Brücke.

»Was ist los?«, frage ich einen Toten.

»Es gibt ein Fest! Draußen, in der Vorhalle. Endlich was zu saufen, meine Kehle ist schon ganz trocken!«

Ich blicke zu Hel. Ihr Gesichtsausdruck ist bar jeder Emotion. Einige Augenblicke verstreichen, dann nehmen ihre Züge etwas Heimtückisches an.

»Ganglot, suche Ganglati und sag ihm, er soll Aila den Weg runter zu Nidhöggr zeigen.«

»Aber da unten ist es gefährlich, Herrin. Das arme Kind!«

»Diskutiere du nicht auch noch mit mir, sonst muss ich mir eine neue Magd suchen. Überhaupt bist du an dem ganzen Dilemma schuld. Du hast mich nicht rechtzeitig geweckt!«

Ganglot scheint unter Hels Worten zu schrumpfen. »Verzeiht, Herrin. Ich war abgelenkt. Ich fand eine Maus in der Speisekammer und wollte sie erschlagen, damit sie nicht das Korn frisst.«

»Hinfort!«, donnert Hel, woraufhin Ganglot einen kleinen Satz macht. Der mitleidige Blick, den sie mir zuwirft, jagt mir einen Schauer durch den Körper. Bevor ich weiter darüber nachdenken kann, fasst Hel mich an den Schultern und dreht mich zu sich.

»Hör mir gut zu. Wir müssen die Lage unter Kontrolle bringen und das fordert drastische Maßnahmen. Ich meine wirklich drastische Maßnahmen. Ganglati wird dich gleich runter in den Keller bringen. Dort haust Nidhöggr. Schon mal von ihm gehört?«

Ich nicke zaudernd. In den Liedern der Barden als Totenfresser betitelt, stehe ich definitiv auf seinem Speiseplan.

»Vergiss, was du über ihn gehört hast. Geh runter zur Yggdrasils Wurzel. Da nagt der Drache, wenn er gerade nichts zu fressen hat. Löse seine Fesseln und lass ihn frei. Er wird die Mörder und Meineidigen draußen vor der Halle wittern und dorthin fliegen. Wahrscheinlich, dass er ein paar Strohtote mitverschluckt, aber mit dem Risiko kann ich leben.«

»Ich soll einen Drachen befreien. Klar. Und wenn er alle Toten aufgefressen hat? Fliegt er dann freiwillig wieder zurück?«

Hel kneift die Augen zusammen. »Niemand verlässt mein Reich, Aila. Wer einmal in Helheim ist, der bleibt, und zwar an dem Ort, den ich ihm zuweise!« Ihre Stimme ist mit einem Mal kalt und unnachgiebig. Ich zucke vor Schmerz, als sich ihre Finger in meine Haut bohren.

»Und du vergisst, dass ich eine Göttin bin. Ich werde doch wohl einen Drachen eingefangen können.« Ihre Lippen formen sich zu einem siegessicheren Lächeln.

»Hier bin ich, Herrin. Ihr habt mich rufen lassen?« Ganglati hat eine Hand in die Seite gestützt und verzieht gequält das Gesicht. »Ich bin in meinem ganzen Leben nicht so viel gelaufen wie heute«, erklärt er kurzatmig, als er meinen fragenden Blick sieht.

»Bring Aila hinunter zur Quelle *Hvergelmir*. Und anschließend nagelst du die Tür zur Speisekammer zu«, befiehlt Hel. »Ich werde inzwischen hinausgehen und mit Modgud versuchen, dem Treiben der Toten an der Brücke Einhalt zu gebieten.«

Damit rauscht sie davon.

Ganglatis Fassungslosigkeit erwidere ich mit einem ratlosen Hochziehen meiner Augenbrauen. »Nach dir«, bescheide ich ihm und er trottet voran. Ich glaube, Mutlosigkeit von seinen Stiefelsohlen triefen zu sehen, und meine Knie werden weich.

Wir steigen eine lange, lange Treppe hinab. Wenige Fackeln beleuchten spärlich die unebenen Stufen. Die Kakophonie aus Wehklagen, Jammerlauten und einem malmenden Geräusch, das ich nicht zuordnen kann, wird mit jeder Treppenwindung lauter. Unten angekommen erstreckt sich eine weitere Halle vor mir. Zumindest vermute ich das, denn wenige Meter vor mir zieht die Dunkelheit eine sinistre Grenze. Schlangen winden sich übereinander und umeinander, so weit ich sehen kann.

Abrupt bleibe ich auf der letzten Treppenstufe stehen. »Ich hasse Schlangen.«

»Lass das Jörmungandr bloß nicht hören.« Ganglati kichert. »So, von hier aus ist es gar nicht mehr weit. Folge einfach den Jammerlauten und du kannst Nidhöggr kaum verfehlen.«

»Danke, Ganglati. Ich wünsche dir einen angenehmen Aufstieg.«

Seine Gesichtszüge entgleisen, als ihm bewusst wird, dass er die hunderten von Stufen wieder hochsteigen muss. Die Schadenfreude gönne ich mir, denn es ist sicher, dass ich in absehbarer Zeit von einem Drachen gefressen werde.

Mutlos, aber entschlossen straffe ich die Schultern und wage einen Schritt in die Halle hinein. Das Zischen der Schlangen schwillt an, eine stößt in meine Richtung und ich hüpfe zurück auf die letzte Treppenstufe.

»Garstige Biester«, fauche ich und lasse den Blick durch die Halle gleiten. »Bei Odin!« Selbst an den Wänden winden sich die Schlangen. Am liebsten möchte ich davonlaufen. Vielleicht ist der Drache doch nicht das Schlimmste.

Die Finsternis, die hier herrscht, erdrückt mich. Ich steige die Treppe ein paar Stufen zurück nach oben und nehme eine Fackel aus ihrer Wandfassung. Wieder unten in der Halle halte ich sie vor mich. Meine Hand zittert so sehr, dass die Flamme hin- und hertanzt. Zögerlich gehe ich ein paar Schritte. Als die Schlangen vor dem Feuer wegkriechen, grinse ich und recke die Faust in die Luft.

»Genau! Weicht von mir, ihr Viecher!«

Schritt für Schritt dringe ich tiefer in Nidhöggrs Gewölbe vor. Den Jammerlauten, die Ganglati erwähnt hat, kann ich nicht folgen. Es gibt keine. Hat Nidhöggr seinen ganzen Vorrat bereits verspeist?

Ich weiß nicht, wie lange ich schon laufe, als ich einen Fluss erreiche, nur dass er kein Wasser führt, sondern Dolche und Schwerter. Stahl schabt auf Stahl. Ein haarsträubender Klang, unheilvoll.

»Ist das dein Ernst?«, frage ich laut, um dem Schauplatz seinen Schrecken zu nehmen. »Da gehe ich nicht hindurch!«

Ein markerschütterndes Kreischen fegt durch die Endlosigkeit der Halle. Sofort denke ich an den Drachen, in der Hoffnung, dass hier unten nicht noch etwas anderes haust, das derartige Laute von sich geben kann.

Ich schlucke und wende mich dem Geräusch zu, das mich stromaufwärts führt. Da die Schlangen sich vom Flussufer fernhalten, komme ich schneller voran. Immer wieder ragen Schwertspitzen über das Ufer und mehr als einmal streifen sie meine Knöchel, Blut verliere ich dennoch keines.

Vor mir taucht ein Schein auf. Gerade rechtzeitig, denn meine Fackel glimmt nur noch leicht und droht, jeden Moment auszugehen. Ich erstarre, als ich den Ursprung des diffusen Lichts erkenne. Einige Dutzend Schritte entfernt ragt der bleiche Rücken Nidhöggrs vor mir auf. So leise wie möglich husche ich zu einem Fels und suche Deckung. Die erloschene Fackel lege ich neben mich.

Nun kann ich den Leichenfledderer von der Seite sehen. Seinen langen, schlanken Hals umspannt ein eisernes Band, an dem eine Gliederkette hängt. Halb liegt der Drache auf einer riesigen Wurzel und nagt daran wie ein Hund an einem weggeworfenen Knochen.

Zwischen mir und dem Drachen entspringt eine Wasserquelle, von der viele kleine Bäche abgehen.

Nidhöggr hebt den Kopf und öffnet sein Maul. Erneut erschüttert sein Kreischen die Halle und ich halte mir reflexartig die Ohren zu. Doch da ich quasi direkt neben dem Drachen hocke, bringt das wenig. Ein scheußliches Sirren bleibt in meinen Ohren zurück, als es wieder still wird. Ich spähe um den Stein herum und entdecke unter Nidhöggrs Klauen hunderte zerfledderte Leiber. Ich muss würgen und wende mich ab. Mein Magen beruhigt sich rascher als erwartet, also hebe ich erneut den Blick, um herauszufinden, wohin die Kette an Nidhöggrs Halsband führt. Gleichzeitig kommt Bewegung in den Drachen. Unruhig geht er die wenigen Schritte, die ihm seine Fesseln erlauben.

»Er hat Hunger«, flüstere ich. Nirgends sehe ich Nachschub für den Leichenfresser. Ohne Frage, toben doch alle frischen Toten oben in der Eingangshalle herum. Ich muss die Kette lösen, aber wie?

Mein Blick fällt auf die Schwerter im Fluss. Eines davon wird hoffentlich stabil genug sein, um die Verankerung zu durchbrechen. Geduckt schleiche ich zurück zum Fluss und halte Ausschau nach einem für meine Zwecke passenden Schwert. Ich muss nicht lange warten, da ragt der Griff einer mächtigen Klinge aus dem Strom. Ich strecke mich und erreiche den Knauf gerade so. Die Strömung droht mich mitzureißen und ich zerre so fest an dem Schwert, wie ich kann. Mit einem Klirren löst es sich aus der Flut und ich stürze nach hinten. Scheppernd kommt das Schwert neben mir zum Liegen. Ich kneife die Augen zusammen. Wenn mich Nidhöggr jetzt entdeckt hat, will ich es nicht wissen.

Eine gefühlte Ewigkeit verharre ich auf dem kalten Steinboden, das Zischen der Schlangen im Ohr. Doch das erwartete Ende in Form eines zahnbewehrten Drachenmauls bleibt aus. Zögernd öffne ich ein Auge und sehe, wie Nidhöggr sich an Yggdrasils Borke hochstemmt und einem riesigen Eichhörnchen lauscht. Prompt kommt mir das Lied eines Barden in Erinnerung, dass von Ratatosk erzählt, dem Eichhörnchen, das Botschaften den Weltenbaum hinauf- und hinunterträgt.

Schnell rappele ich mich auf. Ich muss die Zeit nutzen, solange der Drache abgelenkt ist. Das Schwert, das ich aus dem Fluss gezogen habe, kann ich kaum heben. Mit zusammengebissenen Zähnen schleife ich es zu dem Stein, an dem mit mächtigen Nieten die Kette verankert ist, die Nidhöggr hält. Auf meiner Stirn steht der Schweiß. Ich spüre, wie er meine Schläfen hinabrinnt. Mittlerweile bin ich so erschöpft, dass ich mich auf der Stelle einrollen und schlafen will. Doch das geht nicht. Hel, die Göttin der Unterwelt, zählt auf mich.

»Aaahhh!« Ich schreie mir selbst Mut und Kraft zu, wuchte das Schwert in die Höhe und lasse die Klinge auf das letzte Glied niedersausen. Mit einem satten PLING zerspringt das Metall. Die Kette fällt zu Boden. Keuchend öffne ich meine wunden Hände und lasse das Schwert los. Ich sehe nach oben und begegne Nidhöggrs Blick, der eisig und ohne Gnade auf mir liegt. Er macht einen Sprung nach vorn und breitet seine fahlen Flügel aus, deren Weite halb Midgard umspannen könnte. Der heftige Luftzug wirft mich um. Dem ersten Flügelschlag folgen weitere und gleich darauf tobt ein Sturm. Nidhöggr erhebt sich in die Lüfte – und ich ebenfalls.

»Was? Halt! Nein!« Panisch greife ich um mich, doch da ist nichts, an dem ich mich festhalten könnte. Ich sehe an mir hinab – oder vielmehr hinauf, was mit gebrochenem Genick gar nicht so leicht ist – und erkenne, dass mein Fuß sich in der Kette verfangen hat. Kopfüber hänge ich daran, während Nidhöggr sich immer höher schraubt, einen drachengerechten Ausgang aus der Halle suchend.

Ich versuche, mich nach oben zu schwingen und an den Kettengliedern festzuhalten, rutsche immer wieder ab, aber nach ein paar Versuchen finde ich Halt. Bebend vor Angst klammere ich mich fest und bete zu allen Göttern, dass ich meine Ewigkeit in Hel nicht zerschmettert an einer Felswand verbringen möge.

Nidhöggr steigt mit knappen Flügelschlägen in einem Felsschlot empor. Als er das obere Ende erreicht, streckt er seine Flügel zur Gänze aus und dreht sich ausgelassen um die eigene Achse. Der Met, den Hel mir angeboten hatte, verlässt meinen Magen auf unrühmliche Weise. Mein Kopf dröhnt und der Rest meines Körpers schmerzt so sehr, dass ich am liebsten sterben würde. Nochmal. So richtig.

Der Drache setzt plötzlich zum Sinkflug an und ich sacke nach unten.

Ich schreie. Jeden Moment rechne ich damit, mit etwas sehr Hartem zu kollidieren. Es kann gar nicht anders sein. Mit aufgerissenen Augen sehe ich den Boden rasend schnell näherkommen. Gleich ist es vorbei.

»Da bist du ja, Aila Kettensprengerin! Du hast ganz schön auf dich warten lassen.«

Ich träume. Ich muss träumen, denn ich schwebe. Ich liege in Lokis Armen und schwebe.

»Sieh mich nicht so an wie das Kaninchen die Schlange.« Seine Brust brummt beim Lachen und ich bin sicher, bis ans Ende aller Tage davon verzaubert zu sein.

»Loki! Wo kommt Ihr so plötzlich her?«

»Ich war gar nicht weg. Auf keinen Fall will ich verpassen, wie Nidhöggr den Vorgarten meiner Tochter aufräumt.«

Sein freches Grinsen zieht mich in seinen Bann. Warum schwebe ich gleich nochmal hier oben?

»Du hast etwas an dir, das meine Neugierde weckt, Aila, und verdienst im Tod mehr, als nur ein blutiger Fleck an einer Felswand zu sein.«

Ich merke erst, dass wir wieder auf *Helvegr* stehen, als ich die Erde unter meinen Füßen spüre. Ich blicke mich um und entdecke Hel, die auf uns zustürmt. Sofort erhebt sich Loki wieder in die Lüfte und bringt rasch Abstand zwischen sich und Hel.

»Vater, bleib gefälligst hier und steh für deine Taten gerade!«, schreit sie ihm hinterher.

»Man nennt mich Loki den Listenreichen, meine Tochter. Ich muss meinem Ruf nachkommen. Außerdem will ich meinen Spaß und den hatte ich heute durchaus.« Sein spitzbübisches Grinsen sitzt wie angegossen. »Und was dich angeht, stell einfach ein paar Mausefallen auf.«

Loki funkelt uns mit seinen tiefgrünen Augen an und mit einem Mal verstehe ich, welche Maus Ganglot heute Morgen gejagt und dabei vergessen hat, Hel zu wecken.

»Auf bald, Tochter. Auf bald, Aila Drachenbefreierin!«, ruft er noch. Kurz darauf ist Loki, der göttliche Unruhestifter, verschwunden.

Neben mir steht eine tobende Hel. Ihre Augen sprühen Funken.

»Dieser Taugenichts! Asgard wäre so viel besser dran ohne ihn! Nur seinetwegen treibt hier jeder, was er will.«

Sie packt meinen Arm, stiefelt schnaubend los und schleift mich einfach mit.

»Wenigstens auf dich ist Verlass.« Sie deutet nach vorn. Da wütet Nidhöggr und frisst sich durch die Menschenmassen. Viele scheinen bereits einiges an Met getrunken zu haben, denn sie stolpern und fallen bei ihrer Flucht vor dem Leichenfresser. Sie sind leichte Beute für ihn. Hels Plan ist aufgegangen.

»Und wie bekommen wir Nidhöggr später wieder runter in seine Halle?«, frage ich Hel, die mit einem zufriedenen Gesichtsausdruck das Spektakel vor uns beobachtet.

»Er wird, früher oder später, aus freien Stücken wieder hinuntergehen. An der Wurzel Yggdrasils zu nagen ist seine Bestimmung und er will sicherlich weiter durch Ratatosk mit dem Adler zanken.«

»Sorgt Ihr Euch nicht, dass er davonfliegt?«

»Unterschätze meine Macht nicht, denn sie hält den Drachen in Helheim. Und wenn nötig, schleife ich ihn an seiner bleichen Schwanzspitze wieder nach unten. Der dunkle Tag wird kommen, an dem er als das Neue Böse erneut emporsteigt.«

Hel reißt sich von dem makabren Schauspiel los und sieht mich an. »Nun, Aila. Wie hat mein Vater dich genannt? Drachenbefreierin?«

»Und Kettensprengerin. Das gefällt mir persönlich besser«, entgegne ich.

Hel hebt eine Augenbraue. »Wir wurden abgelenkt, als ich dich einer Halle zuteilen wollte. Was waren gleich nochmal deine Vergehen, die du in Midgard begangen hast?«

»Diebstahl, Mundraub, Hausfriedensbruch und Hehlerei«, wiederhole ich ergeben, denn kann der Entscheidung doch nicht entgehen.

Hels Blick ruht lange auf mir. Die Schreie derjenigen, die als Nidhöggrs Futter enden, untermalen die Situation auf eine groteske Weise.

»Du bist ein Schandfleck in der Geschichte der Menschen«, urteilt sie mit harter Stimme. »Du stahlst von denen, die hart für ihr Auskommen arbeiten, und hast nichts Anständiges getan, um deine Verhältnisse zu bessern. Du bist stattdessen den bequemen Weg gegangen und hast dafür schlussendlich mit dem Leben bezahlt.«

Bei jedem Wort, das auf mich niederfährt, schrumpfe ich. Hel ist im Recht. Midgard hat mich nie gebraucht und wird mich auch nicht vermissen.

»Ich kenne den Weg zum Schwerterfluss *Slidur*. Mach dir keine Mühe.«

Ich will mich umdrehen und gehen, doch Hel hält mich auf. Ihre Hand liegt auf meinem Arm, zieht mich zurück.

»Sieh mich an.«

Müde hebe ich den Kopf.

»Du hast mir mit deinen Taten einen guten Dienst erwiesen. Du hast auf mich gehört und mir geholfen, mein Reich wieder unter Kontrolle zu bringen.«

Ein abgebissener Arm fliegt haarscharf an ihrem Gesicht vorbei. Den tadelnden Blick, den sie Nidhöggr zuwirft, quittiert er mit einem Rülpsen, bevor er weiterfrisst. Ich möchte am liebsten losprusten vor Lachen, doch mein Herz ist bang ob Hels bevorstehendem Urteil.

»Wo war ich? Ach ja, richtig. Du hast mir beigestanden, trotz des Umstandes, dass du gerade dein Leben verloren hast. Dir steht der Weg zu den Goldenen Feldern offen.«

Ihr Lächeln wärmt mir das Herz. Nie habe ich so viel Freundlichkeit erfahren wie von der Göttin der Unterwelt.

»Danke«, bringe ich mit zitternder Stimme heraus.

»Oder -«

Ich zucke zusammen.

»Oder du bleibst bei mir und du wirst mein, sagen wir, Lehrling. Wie wäre das? Ich brauche dringend jemanden, der mich zuverlässiger weckt als Ganglot.«

Lehrling der Totengöttin? Der Gedanke nistet sich in meinem Kopf ein und schlägt rasch Wurzeln. Ich nicke heftig und bereue es sofort. Mein gebrochener Nacken, richtig.

»Ich nehme dein Angebot sehr gerne an«, erwidere ich freudestrahlend. Ich glaube, mein totes Herz in meiner Brust hüpfen zu spüren.

»Großartig! Dann ran an die Arbeit. Aber erst richten wir deinen Hals, das kann ich mir nicht bis in alle Ewigkeit ansehen.«

Hel geht voran und ich folge ihr. Vorbei an Nidhöggr, der mir, vollgefressen wie er ist, nicht mehr so viel Angst einflößt. Über die goldene Brücke hinein in *Eljudnir*, die ab sofort auch mein Zuhause ist.

Nun bin ich Aila Göttinnenlehrling.

ENDE

# AILA

# GLOSSAR

In der Kurzgeschichte verwende ich einige Wörter aus der Edda. Im Folgenden erkläre ich die Begriffe einzeln:

| *Begriff* | *Erklärung* |
|---|---|
| Asgard | Wohnort der Asen (eines der nordischen Göttergeschlechter) |
| Einherjer | Gefallene Krieger, die vom Schlachtfeld nach Walhalla geführt werden, um in der letzten großen Schlacht für Odin zu kämpfen |
| Eljudnir | Hels Thronhalle »Plagegeist« |
| Elvidvr | Hels Heimstatt »Elend« |
| Fallandaforad | Hels Türschwelle »Einsturz« bzw. »Fallende Gefahr« |
| Folkwang | Heimstatt der Göttin Freya in Asgard |
| Ganglati | Hels Knecht »Trägtritt« |
| Ganglot | Hels Dienerin »Langsamtritt« |
| Gjallarbrú | »Die goldene Brücke«, führt vom Helvegr über den Fluss Gjöll nach Helheim |
| Goldene Felder | Ein Ort in Helheim, an denen die meisten Toten, v.a. die Strohtoten, die Ewigkeit verbringen |
| Hel | Die nordische Göttin der Unterwelt |
| Helvegr | »Der Weg nach Hel« |
| Hungr | Hels Esstisch »Hunger« |

| | |
|---|---|
| Hvergelmir | Die Quelle am Fuße Yggdrasils, die alle Flüsse der Welt speist; Wohnort von Nidhöggr |
| Jörmungandr | Die Weltenschlange, Sohn von Loki, Bruder von Hel |
| Midgard | Die Welt der Menschen; die Erde |
| Modgud | Riesin; Wächterin der Brücke Gjallarbrú |
| Nastrand | »Leichenstrand«, ein Ort in Helheim, an den Mörder und Eidbrüchige verbannt werden |
| Nidhöggr | Der »Neiddrache«, frisst die Toten, die nicht auf ewig durch die Goldenen Felder Helheims wandeln dürfen |
| Ran | Eine Meeresgöttin; Frau des Riesen Ägir |
| Ratatosk | Eichhörnchen, das Nachrichten zwischen dem Adler in der Krone und Nidhöggr am Fuße des Weltenbaums übermittelt |
| Slidur | Ein Fluss, der durch Helheim fließt und statt Wasser Schwerter und Dolche führt |
| Strohtod | Ein Tod im (Stroh)Bett, an Altersschwäche oder Krankheit |
| Sultr | Hels Messer »Verschmachtung« |
| Walhalla | »Wohnung der Gefallenen«; eine mächtige Halle in Asgard, die die Einherjer beherbergt |
| Yggdrasil | Die Weltenesche (auch: Weltenbaum), die u.a. Asgard, Midgard und Helheim miteinander verbindet |

# DANKSAGUNG

Diese Geschichte entstand im Zuge einer Ausschreibung. Meine Aila hat es leider nicht in die Anthologie geschafft, doch ich wollte sie ungern in der Schublade lassen.

Die Idee, »What the Hel?« als kleines Buch herauszubringen, hat mir Roxane Bicker eingeflüstert, dey mir im Zuge der Überarbeitung geholfen hat, das Beste aus dem Text herauszuholen. Wie immer, danke ich dir auch jetzt für deine Gedanken, deine Meinung und dass du in meinem Leben bist.

Ganz herzlich möchte ich Luriusa danken, die Aila für mich zum Leben erweckt hat. Du bist eine großartige Künstlerin und ich hoffe, dass wir noch bei vielen weiteren Projekten zusammenarbeiten werden.

Einblick in Ailas Ankunft in Helheim gibt euch das einmalige Cover von Daniela Szegedi, die aus meinen wirren Wortfetzen in Form von WhatsApp-Nachrichten ein Meisterwerk geschaffen hat. Vielen lieben Dank, Dani, das Arbeiten mit dir macht mir immer wieder Spaß!

Großen Dank auch an Laura Stadler, die zuverlässig dafür gesorgt hat, dass überall ein Satzzeichen ist, wo eines hingehört. Für mich sind sie wie eine Herde wuseliger Schafe, doch Laura weiß sie sicher an Ort und Stelle zu bringen. Außerdem ist sie der Schrecken aller Tippfehler!

Beim Buchsatz und der Innengestaltung des Buches hat mich die wundervolle Juliana Fabula tatkräftig unterstützt. Dank deinem Augenmaß und deiner Erfahrung fließen Text und Optik wunderbar ineinander über. Es ist alles so schön!

Meinen Testleserinnen Karen und Dani bin ich ebenfalls zu großem Dank verpflichtet. Ihr seid die Fackeln im Nebel meiner Betriebsblindheit!

Und, natürlich: Dank an euch! Weil ihr meine Geschichte lest, kommt Aila nun ein bisschen rum. Ich hoffe, ihr hattet mir ihr so viel Spaß beim Lesen wie ich beim Schreiben. Über Feedback in Form von Nachrichten und Rezensionen freue ich mich immer!

# ÜBER DIE AUTORIN

**Sarah Malhus** schreibt schon seit ihrer Kindheit Geschichten. Ihren allerersten Roman hat sie damals erfolgreich in einer Schreibtischschublade untergebracht. Sarahs offizielles Fantasydebüt »Von Fabelwesen und Königen – Aus dem Leben eines Barden« erschien im Februar 2023 im Selfpublishing via tolino media.

Tagsüber in einem Brotjob tätig, verbringt sie ihre Freizeit am liebsten mit Literatur, sei es produzierend oder konsumierend. Genreübergreifend schreibt sie alles, was ihr die Plotbunnys bringen – von Kurzgeschichte bis Roman – doch in der Fantasy fühlt sie sich zuhause.

Sie ist zudem Herausgeberin und Gründungsmitglied des gemeinnützigen Vereins Münchner Schreiberlinge e.V.

Die Autorin wohnt mit ihrem Lebensgefährten und zwei Kaninchen nördlich vor Münchens Stadttoren.

Weitere Informationen und Veröffentlichungen:
    Homepage: *www.sarahmalhus.de*
    Instagram/Threads/Facebook: *schreibmaid*

# LESEEMPFEHLUNGEN

Dir hat »What the Hel?« gefallen? Dann stöbere gerne in meinen weiteren Kurzgeschichten oder sieh dir meinen cozy Fantasyroman »Von Fabelwesen und Königen - Aus dem Leben eines Barden« an. Eine Leseprobe findest du ab Seite 54.

Alle Bücher sind als Print und eBook überall erhältlich - und auch bei mir in meinem Onlineshop:

## Kürbisgemetzel - Mein Beitrag: »Zahltag«

Halloween, Samhain, Allerheiligen. In der Zeit zwischen Ende Oktober, Anfang November wird der Schleier zwischen den Welten dünn. Menschen geraten unversehens in die Anderswelt, Geister und Gespenster spuken durch unsere Städte und selbst die Kürbisse fangen an zu sprechen. Was wir in dieser Zeit erleben ist furchteinflößend und fantastisch zugleich. 15 Autorinnen und Autoren schaffen Gänsehautmomente und geben Einblick in unheimliche Geschehnisse, bei denen nicht nur Kürbisse gemetzelt werden ...

© COVERDESIGN - DANI SZEGEDI

## Kaffeesatz - Mein Beitrag: »Wachmacher«

Kaffee – alltäglicher Begleiter vieler Menschen. Doch was ist, wenn er nicht nur anregend, sondern auch magisch wirkt? Welche Geheimnisse verbergen sich in seinen schwarzen Tiefen? Zehn Geschichten laden ein, eine ganz andere Seite des Kaffees kennenzulernen – überraschend, tragisch, phantastisch – und zeigen, dass auch im Kaffeesatz noch immer etwas Gutes steckt.

© Coverdesign - Dani Szegedi

## Mitternachtsgeschichten -
## Mein Beitrag: »Project Opera«

Kaffee – alltäglicher Begleiter vieler Menschen. Doch was ist, wenn er nicht nur anregend, sondern auch magisch wirkt? Welche Geheimnisse verbergen sich in seinen schwarzen Tiefen? Zehn Geschichten laden ein, eine ganz andere Seite des Kaffees kennenzulernen – überraschend, tragisch, phantastisch – und zeigen, dass auch im Kaffeesatz noch immer etwas Gutes steckt.

© COVERDESIGN - DANI SZEGEDI

# X – Die zehnte Anthologie
## der Münchner Schreiberlinge -
## Mein Beitrag: »Nicht genug«

*»Noch nie hat ein X irgendwo, irgendwann einen bedeuten-den Punkt markiert.«*

Vielleicht nicht, aber dieses X markiert die 10. Anthologie der Münchner Schreiberlinge.

10 Finger, 10 Gebote, 10 biblische Plagen. Eine Dekade. Dinge dezimieren. Number 10, Downing Street. 1 und 0. Binarität. Dezember. Überall in Mythologie, Geschichte, Sprache und Alltag ist die 10 präsent.

Siebzehn Autor*innen zeigen in ganz unterschiedlichen Szenerien, welche ze(h)ntrale Rolle das X spielen kann. Begebt euch mit uns auf die Reise und erforscht die Be-deutung der 10.

ROXANE BICKER
SARAH MALHUS
(HRSG.)

**DIE ZEHNTE
ANTHOLOGIE**
DER MÜNCHNER
SCHREIBERLINGE

© COVERDESIGN - DANI SZEGEDI

## »Von Fabelwesen und Königen - Aus dem Leben eines Barden«

*»Wenn du Barde werden willst, musst du dir bewusst machen, dass du kein eigenes Heim haben wirst. Du bist tagsüber auf der Straße und abends überall da, wo ein Barde Publikum findet.«*

Ein Lagerfeuer, eine Gruppe Reisender und ein Barde mit einer Menge Geschichten.

Als Zwangsrekrut einer blutigen Schlacht entkommen, sucht der junge Aramil eine sichere Zuflucht. Diese findet er bei einer Instrumentenbauerin, die ihn aufnimmt und sein Interesse für Musik weckt. Mit nichts als einem Esel und einer Laute macht Aramil sich auf die Reise, um ein Leben als Barde zu führen. Dabei begegnet er Fabelwesen, unterhält Könige, knüpft außergewöhnliche Freundschaften und lernt, was Glück für ihn bedeutet. Nach und nach verweben sich einzelne Geschichten zu einer klangvollen Sage: Wie ein einfacher Barde das Schicksal eines gespaltenen Königreichs beeinflusst.

An Aramils Lagerfeuer ist immer Platz. Setz dich dazu und lausche seinen Erzählungen.

SARAH
MALHUS

VON
FABEL
WESEN
UND
KÖNIGEN
AUS DEM LEBEN
EINES BARDEN

LOW FANTASY

© COVERDESIGN - JULIANA FABULA | FABULA COVERDESIGN

Ich erreichte Stolzensand, als die Sonne zu sinken begann. Das Tor der Küstenstadt durchschritt ich unbehelligt. Obwohl die Dämmerung bereits in die Gassen kroch, herrschte eine Geschäftigkeit, wie es in einer Stadt im Landesinneren nur tagsüber der Fall war. Händler boten ihre Waren feil und aus einigen Häusern drang heiter klingende Musik auf die Straße. Alles vermengte sich zu einer wilden Hymne. Der salzige Duft des Meeres wurde innerhalb der Stadt von einem üblen Geruch überdeckt. »Fisch«, stellte ich angewidert fest. Ein Nahrungsmittel, um das ich gerne einen Bogen machte.

Herr von Grau drängte sich gegen mich. Der Trubel gefiel ihm nicht, er war viel lieber auf dem Land unterwegs. In der Hoffnung, ihn etwas beruhigen zu können, kraulte ich ihn zwischen seinen langen Ohren.

»Ganz ruhig. Wir suchen gleich nach einem ruhigen Platz für dich und einem Abendmahl für mich.«

Obwohl ich versuchte, den anderen Menschen auszuweichen, rempelten mich einige von ihnen an. Niemand sonst führte einen Esel oder gar ein Pferd mit sich. Vermutlich gefiel ihnen Herrn von Graus Anwesenheit gar nicht. Ich streichelte den weichen Hals meines Gefährten und folgte den mal engen, mal breiten Straßen durch die Stadt. Auf einem der vielen Schilder der Waren- und Gasthäuser stand Zum Vagabundenschiff. Das klang spannend. Ich suchte nach einem Pfahl, um Herrn von

Grau anzubinden, doch fand keinen. Mit beiden Händen griff ich sein Halfter und sah ihm tief in die dunklen Augen.

»Du wartest hier kurz, verstanden? Ich esse nur schnell etwas und versuche herauszufinden, ob es hier Arbeit für mich gibt. Hoffentlich als Barde und nichts, was mit Fisch zu tun hat.« Ich verzog das Gesicht, als ich einmal mehr den Gestank wahrnahm.

Aus einer der Taschen, die der Esel für mich trug, nahm ich meine Laute und schulterte sie. Ich glaubte, von Graus missmutigen Blick im Rücken zu spüren, als ich die Taverne betrat. In der Schankstube hielten sich so viele Gäste auf, dass ich kaum den Boden sah. Auf der anderen Seite des Raumes saßen auf einer kleinen Bühne drei Musikanten, die aufspielten. Ich drängte mich durch das Publikum zu ihnen hindurch und erreichte sie, als gerade die letzten Töne ihres Liedes verklangen.

»Phax zum Gruße!« Ich nickte ihnen reihum zu. »Was spielt ihr für Instrumente?«

»Aye, Phax zum Gruße«, erwiderte einer der drei. Er war groß wie ein Bär und genauso breit. Das rot gestreifte Hemd, das er trug, war löchrig und reichte ihm nur bis zum Bauchnabel. »Du bist aber ein neugieriger Bursche, und obendrein nicht von hier.«

»Ich bin Barde und immer froh, auf andere Musizierende zu treffen.«

»Aye. Ein Kollege also. Das hier«, er streckte beide Hände vor, »ist eine Quetsche.« Sein Instrument, bestehend aus zwei hölzernen Sechsecken und einer Art gefalteten Schlauch dazwischen, war mit Schlaufen an seinen Händen befestigt.

»Ich habe so eine noch nie gesehen«, gab ich zu. »Da, wo ich herkomme, sind Lauten, Fiedeln, Flöten und dergleichen verbreitet.« Ich deutete auf die Fiedel auf dem Schoß der Musikerin, die links vom Bären saß.

»Aye, das beste Instrument von allen«, warf sie mit rauer Stimme ein und grinste, wobei mehr Lücken als Zähne zum Vorschein kamen.

»Jetzt fang nich' wieder damit an, Cordie«, fuhr ihr die Dritte im Bunde, vor der eine Trommel stand, über den Mund. »Nich' alle mögen deine Fiedel so wie du.« Sie rollte mit den Augen.

»Sie macht nun mal den schönsten Ton. Ohne meine Fiedel würdet ihr furchtbar klingen«, erwiderte Cordie und deutete mit ihrem Bogen zwischen den beiden Instrumenten hin und her.

»Sag das noch einmal und ich werf' dich in einen Berg Fischköpfe!« Der Bär stand auf und wollte sich die Quetsche von den Händen streifen, doch sie steckten fest.

Cordie schlug sich feixend auf den Oberschenkel, woraufhin alle drei in schallendes Gelächter ausbrachen.

Ich nutzte die Gelegenheit, um Richtung Theke zu verschwinden. Die Idee, das Trio zu fragen, ob ich sie einen Abend begleiten dürfte, verwarf ich gleich wieder.

»Was darf's sein?« Eine Frau mit braunen Locken und fleckiger, blauer Bluse sah mich fragend an. Die Ungeduld stand ihr ins Gesicht geschrieben.

»Ein Dünnbier«, bestellte ich das Erste, was mir einfiel. Ich setzte mich auf einen freien Hocker, der unheilvoll knarzte.

Sie holte einen angeschlagenen Becher unter der Theke hervor, griff nach einem Tonkrug und füllte dessen Inhalt schwungvoll in das Gefäß.

Misstrauisch beäugte ich die halb durchsichtige Flüssigkeit.

»Was ist das?«

»Brackwasser.«

»Ich habe aber Dünnbier bestellt.«

»Ist das Gleiche«, gab sie knapp zurück. »Soll's auch was zu essen sein? Heute gibt's Fischsuppe.«

»Nichts anderes?« Mein Magen knurrte und rebellierte gleichzeitig.

»Brotsuppe haben wir noch, aber an deiner Stelle würde ich die Fischsuppe nehmen.«

»Nein, ich nehme die Brotsuppe, danke.« Die klang zwar auch nicht wirklich schmackhaft, aber irgendetwas musste ich essen.

Kurz darauf stellte die Wirtin eine Schale vor mir ab. Darin schwappte eine bräunlich-grünliche Brühe, in der Brotwürfel schwammen. Obwohl kein Fisch zu sehen war, verströmte die Brühe einen fischigen Geruch.

»Macht vier Kronen.«

Ich griff nach meiner Geldkatze und erstarrte. Hektisch wühlte ich unter meinen Kleidern, doch ich fand sie nicht.

»Ich bin bestohlen worden«, hauchte ich fassungslos.

»Wie meinen?«

»Ich bin bestohlen worden«, wiederholte ich, diesmal lauter. Was für Halunken diese Stadt beherbergte!

»Das heißt, du kannst nicht zahlen?« Die Stimme der Wirtin nahm einen bedrohlichen Ton an. »Du hast bestellt, also musst du bezahlen.«

»Aber, ich habe beides noch nicht einmal angerührt!«, verteidigte ich mich und rutschte gleichzeitig vom Hocker.

»Gudo! Iber! Wir haben hier einen Gast, der nicht zahlen will.«

Ich drehte mich um und sah zwei grobschlächtige Kerle näherkommen. Die beiden überragten alle anderen im Schankraum um mindestens einen Kopf.

Meine Beine machten sich selbstständig. Als wäre Ydir selbst hinter mir her, bahnte ich mir einen Weg durch die Menge und hechtete durch die Tür nach draußen. Ich hörte Herrn von Grau schreien, als er mich sah, doch ich hatte keine Zeit, ihn mitzunehmen. Hinter mir brüllten die beiden Männer, ich solle stehenbleiben und das wollte ich auf keinen Fall. Während ich rannte, sah ich mich zu allen Seiten nach einem Versteck um, doch vergebens. Es war mittlerweile stockduster und die Straßen kaum beleuchtet. Im Gegensatz zu mir kannten meine Verfolger diesen Ort sicherlich in- und auswendig. Ich lief nordwärts und kam beim Hafen raus. Ich konnte nur nach links oder rechts und nirgends eine Nische entdecken, in die ich gepasst hätte. Da fiel mein Blick auf ein Dutzend Fässer, die wenige Schritte von mir entfernt nahe der Kaimauer standen. Ich rannte hin.

»Bitte sei leer, bitte sei leer«, murmelte ich flehend und schob den Deckel eines Fasses zur Seite. Mir strömte Fischgestank entgegen, doch das Fass enthielt nichts.

»Nichts wie rein«, trieb ich mich selbst an und kletterte durch die Öffnung. Schnell schob ich den Deckel darüber. Meine Laute umarmend hockte ich im Fass und zwang mich, durch den Mund zu atmen, damit ich mich hier drin nicht übergab.

»Wo ist er hin?«, hörte ich dumpf eine Stimme durch das Holz dringen.

»Kann sich doch nicht in Luft aufgelöst haben«, sagte eine zweite Stimme.

»Vena wird sauer sein, wenn wir ihn nicht finden und ihm die Kronen abknöpfen.«

»Aber wir könn' ihn auch nich' herzaubern!«

»Lass' uns noch schnell die Ladung hier durchsuchen. Am Ende versteckt er sich in einem Fass oder so«, schlug die erste Stimme vor.

Ich hielt die Luft an.

»Sitzt bei dir ein Kobold im Kopf? Das ist die Ladung der *Kraken*. Lieber lass ich mir von Vena eins mit der Pfanne überbraten als das Zeug von den Halsabschneidern durchzuwühlen! Wenn der Bursche sich da versteckt hat, ist's eh bald um ihn geschehen. Komm, wir suchen noch die Kaimauer ab und dann lassen wir es gut sein.«

Meine Erleichterung darüber, ein Versteck gefunden zu haben, verflog jäh. In wessen Fass war ich hier geklettert?

NEUGIERIG GEWORDEN?
DANN BESTELL' DAS BUCH GLEICH
IN MEINEM ONLINESHOP!

# Inhaltswarnungen/
# Content Notes

Die Liste wurde sorgfältig erstellt, es kann aber keine Garantie für deren Vollständigkeit übernommen werden.

- Tod
- Alkoholkonsum
- Erbrechen
- abgetrennte Gliedmaßen
- Waffen
- Body Horror
- Nagetiere (Maus)
- Schlangen
- Sturz aus großer Höhe